文芸社セレクション

八十二歳 昭和・平成・令和を丁寧に生きる

細川 祥子

HOSOKAWA Shoko

文芸社

目次

まえがき

光陰矢の如し
夫が亡くなって十年。令和六年秋、八十四歳。

気持ちは今までと変わらないのに、足の方が思うように動いてくれない。

調子のよい時もあるのに気まぐれな私の足。

元気に動きたいのに動けない。

人生の転換期に直面　八十二歳の時、前触れもなく体調を崩してからである。

人それぞれ。生き方いろいろ。今、私にできること。

人生をみつめ自分史を書いてみた。

充実感があり気分は爽快。

なんだかやる気が出てきた。

それぞれ異なるでしょうが病を持っておられる方たち、前向きな気持ちで一緒に頑張りましょ。

「一病息災」

「二病息災」をめざしましょ。

八十三歳のおばあさんの自分史を読んでくださるあなた様へ
「ありがとうございます」
「うれしいです」

八十二年を振り返る

令和五年　新年を迎える
今年はどうぞ佳い年でありますようにと、神棚に手を合わせる。
「ほしいのは健康。元気やねん」

去年（令和四年）の秋、

突然に
　八十二歳の壁
　　やって来た

父や母は大正昭和平成の時代を経て元気に九十五、六歳頃まで生活していたので、私も九十歳位までは元気に過ごせるかなと思っていた。去年秋、突然に右肩の痛みに襲われ左肩も痛みだし、上半身から下半身へと痛みは移動、八十日余り痛みが続き、近所の整形外科へ通院してもよくならず弱っていました。
父や母のように、九十代後半まで長生き出来ないのではないかと思いました。

日々苦痛
病知らずが
ダウンした

私は令和五年のお正月を迎え、令和五年は健康のありがたさを再認識する一年にしようと思います。

そして、八十二年をふり返ってみました。

我人生は豊かなり
親からもらった　元気な体
昭和三十八年三月
夫二十八歳　私二十二歳で結婚
翌年正月　長男誕生

年の初めに新しい生命の誕生で胸を熱くし、感動したお正月でした。

正月に生まれたばかりの我が子をみつめ、母になった喜び。「この子のためにとにかく元気でおらなければ……風邪もひけない」と思いました。当時新米ママは頑張らねばと思ったものです。

一年後の夏には　長女誕生
二人の子供を授かり
家庭と子育てに追われていました。

責任ある子育てに、親としての自覚をおぼえたものでした。


昭和四十年当時は、子育てに精一杯でした。

赤ちゃんをおんぶひもで背おって寝かしつけながら、食事の仕度や片づけ等、家事仕事に追われた日々でした。若くて体力があったので出来たんだなと思います。

その時私は小さな二人の子育てに必死で、笑顔も少なかったのではないかと思います。

子育ての期間、自分と向きあう時間などありません。

世間では女性の活躍が叫ばれている中、ただ子育てに追われるだけの生活は物足りなくて、世の中から取り残されたような孤独感が度々ありました。

ささいなことでイライラしたりしていました。今、新聞やテレビで報じられている虐待のニュース等を目にすると、「私だって一歩間違えば……」と思い、他人事ではありません。

そんな時、母や叔母たちから「今が一番かわいくていい時よ」といって励まされたり助けられたりしました。

「早く大きくなってくれたらいいのにな……」と思ったものでした。

子供たちは一年一年成長。小学校に入学した頃から私も社会に出る事を考えはじめ、自分の時間が出来れば社会に出る時の準備のため、勉学に励みました。

昭和五十年、公務員試験に挑戦しました。

翌年から勤めがはじまりました。

私、三十五歳の時でした。

家庭と仕事と子育てに一生懸命でした。

時はあっという間に過ぎていきました。

半世紀以上もたち、今年、令和五年を迎えて思い出しています。

毎年、清々しい気持ちで迎えていたお正月も、年を重ねるごとに気力がだんだん弱ってきたなと思っております。

家族と取り組んだ家事・仕事・勉強

お正月を迎える度に、一年の抱負を考えたり、実行も出来ない計画をたてたりしたものでした。昭和の時代。印象に残っているのは大阪社会福祉研修センターで一年間、二十一世紀に向かっての社会福祉の学習に取り組んだ事です。

家庭と仕事と夜の学習が一年間続きます。

一年とはいえハードな生活に、そう若くもない私を気づかって反対し続ける夫を説得するのに何日も努力しました。

当時私の年齢は四十三歳でした。

息子や娘には私の気持ちを話し、理解と協力を頼みました。

短大に入学した娘は、一年間、夕飯の準備を快くひきうけ励ましてくれました。

一段と成長したなと頼もしくなりました。

翌日夫が「行け」といってくれた時は、晴ればれした気持ちでピカピカの一年生の心境でした。

反面、不安もたくさんありましたが……その時の私の心の中は「一年間何とかやり遂げたい」という気持ち。

私の目標。一年間、休まずに学習すること。

こんな思いのスタートでした。

お陰で私の学習も一日も休むことなく昭和六十年三月修了し、社会福祉主事の資格を取得。

修了式には修了生を代表して答辞を読ませて頂きました。

同じ年、大阪府が国連婦人の十年を記念して、募集した性別役割分業解消への小さな実践についての小論文。

我家の家族の役割り分担の様子を書きました。

性別役割分業解消への私の小さな実践

わが家は夫と大学三回生の息子、短大二回生の娘の四人家族です。結婚当時は「男は仕事、女は家庭」という固定的な社会通念を当然として受けとめ、従来の習慣の中で家事、育児にと十三年余り専業主婦として過ごしてきました。子供達は一年一年成長し、行動範囲も広がっていくなかで自分だけがひとり、取り残されていくような気がして「今、私も何かしなければ」と真剣に考えたものでした。

国連婦人の十年が始まった頃に私は八尾市の職員として採用され、社会参加が出来る機会に恵まれました。家庭と仕事の両立をめざして、多くの挑戦をこころみてきました。

今から一年半前のことですが、これからもずっと仕事を続けるために、打ち込んで勉強してみたいと思う気持ちが強くなり、社会福祉の学習をすることに決めました。今までにも何度か思ったのですが、仕事と家庭があり調整がとれず、自分の思うように実現出来ませんでした。条件としては今が一番良い時期だと思い、この一年間に限って自分にウエイトをおいて、自分の思うように行動してみようと昭和五十九年度社会福祉主事課程の認定試験を受験し、自己能力の限界に挑戦しました。

合格してからが大変でした。家庭と仕事と夜の学習が一年間続きます。一年とはいえ、ハードな生活にそう若くもない私を気づかって反対し続ける夫を説得するのに何日も努力しました。私の年齢四十三歳でした。

息子や娘には私の気持ちを話し、理解と協力を頼みました。短大に入学した娘は一年間、夕飯の準備を快くひきうけ励ましてくれました。

一段と成長したなと頼りになりました。翌日夫が「行け」といってくれた時は晴ればれした気持ちでピカピカの一年生の心境でした。

反面不安もたくさんありましたが、その時の私の心の中は「何とか一年間やり遂げたい」。頑張るぞという気持ちで私の目標、一年間休まずに学習すること。こんな思いのスタートでした。授業日数一九三日、授業時間五七九時間、授業科目三十四科目です。

夕方からの学習は昼間の疲れがどどっと出るのですが、講師の先生の熱心さが伝わり久しぶりに学生気分に戻り、何もかも新鮮で主婦業などすっかり忘れ、充実感に浸り自己満足していました。

通学して二週間ほどたった頃です。夜、家へ帰るなり娘が「夕方いつもお母さんが留守なんて私いや」「どうして」「だって毎日お父さん機嫌が悪くてムスッとしている。話しかけると気にさわる事ばかりいうし、二人だけの食事おもしろない」とだんだん涙声になり、「お母さんがいないと淋しい」というのです。「十八にも十九にもなろうかというものが何いってんの。少しは我慢しなさい」といったものの、私の一番の協力者に泣きつかれるとこれから先が思いやられ、途中で挫折するかもしれないと心配でした。

この一年間、何としても頑張りたい気持ちを夫に、娘にもう一度伝えました。

翌日からまた一人ひとりが少しずつ耐えながらの生活でしたが、そのうちにだんだんと慣れてきました。嘆いた娘もケロッとして毎日の夕飯の献立を考えながら結構楽しんでいます。娘の帰りの遅い時には、夫が勤め帰り駅前のスーパーで買物をしてくれるようになりました。娘が学校の帰りスーパーに行くとお父さんとあったわ、一緒に買物してきたとか、今までのお父さんの小銭入れ軽かったのにスーパーに行くようになって一円玉や五円玉も入るようになりふくれたよ、といって笑わせたり、気持ちに余裕が出てきました。大学生の息子の方はクラブで私よりも帰りが遅く、今までとあまり変わらないようですが、たまに早く帰った時には、台所仕事をしている娘の手助けをしたと聞いて家庭の中が少しずつ変わってきたなと感じました。男だから、女だからということなく、家事仕事の共同参加が芽生えたようです。

私が外に目をむけ積極的に行動したことにより、家庭内のパニック状態にも直面しました。家族のぶつかりあいの中からそれぞれの主張や不満を出しあうことにより、相手の言い分もわかり、お互い折りあいが出来、パニックを乗り切り手順よくいけました。息子の食事づくりや夫の買物、洗濯機の使い方や炊飯器の水加減等、体験することにより、今まで気づかなかった部分にもお互いの思いやりや理解が持てるようにもなりました。

苦悩したり笑ったりいろいろありましたが、家族の和を共有しながらみんなが頑張りました。お陰で私の学習も一日も休むことなく六十年三月修了し、社会福祉主事の資格を取得する事が出来ました。仕事を持って十年、生き生きと働き続けるためにもいい体験をしたと思っております。ある講演で耳にした言葉ですが、今日しょうがないでは人生はない。今日に価値がある。明日は必ずやってくる。よりよい明日に期待をかけて一日一日を精いっぱい生きていこうと思います。

平成——変わりゆく家族と阪神淡路大震災

私にとっての昭和期は若さと元気とパワーが満杯の時代でした。

昭和も終わりに近い頃、より夫婦生活を大切に考えて毎年、夫と二人旅を楽しむようになっていました。

その頃、二人の子供達も成長し大学を卒業。

社会人となり私たち夫婦も人生に一区切りの時でした。

ホッと一息ついていました。

名もなく　ふつうでそれなりに
普通の生活　宝もの
何事もなく　順調よく事は進みました。

時はあっという間に流れゆき昭和が終わり、平成に変わりました。

子供達はそれぞれに婚期を迎え忙しい日々を送るようになりました。

特に娘の結婚準備は「何やかんやと忙しかったな」

夫も私も娘の幸せを願い全力投球。

忙しくても毎日が幸せでした。

週末になると娘の予定につきあい夫の車はフル稼働。嫁入り道具等見に行っていました。

東へ西へと走り三人のおしゃべりにも話題は次々賑やかでした。

家族がひとつになった懐かしい思い出です。

結婚式も済み、一年後には孫が誕生し幸せでした。

翌年には息子の結婚も決まり、おめでた続きで忙しい日々が続いていました。

平成期も数年幸せな日々でしたが……

平成七年一月十七日。阪神淡路大震災が起こりました。

当時、娘家族は兵庫県の西宮の社宅に住んでいました。

地震のあった当日は娘むこは長期の海外出張で日本には不在でした。

地震の一週間前に娘と孫は我家に来ていたので怖くて恐ろしい体験や思いは免れました。

この地震の被害は甚大でたくさんの人たちの命が奪われました。

建物の倒壊や火災等報じられ「何っていう事が起きたかと……」心が痛みました。

娘や孫は我家に来て無事だった事に感謝しました。……が……

たくさんの人達の命が奪われ被害にあわれた人たちの事を考えると誠に悲しく悔しい思いで一杯でした。

住まいの社宅は全壊。

社宅では会社の同僚の家族の皆さんが大変恐い思いをされて避難場所に避難されていました。

大きな被害を受け困っておられるだろうと思うといてもたってもおれず私たちに出来る事は何か？　夫と話し合いました。

バイクで被災地に救援物資を届ける事にしました。

我家にはバイクが一台しかありません。

事情を話して知り合いの新聞配達の時に使っておられるバイクを貸して頂ける事になり

ました。

我家のお隣さんにも頼んで、たくさんのご飯を炊きました。

借りてきた大きなずん胴鍋に、豚汁も作りました。

インスタントラーメンやカセットコンロ、カセットボンベ等、二台のバイクの前と後に積み込みました。

借りたバイクに夫が、我家のバイクに私が乗り、被災地に向かいました。

車では被災地に入れません。

通行禁止です。

私は八尾市内しかバイクで走った事はありませんでしたが、必死で夫の後にくっつき走りました。

火事場の馬鹿力というのでしょうか、自分でもびっくりする程、頼もしく走れました。

大阪市内を抜け、尼崎に入り、信号待ちをしていると、歩いている見知らぬ人たちから、「御苦労様」「気をつけて……」等、労いや励ましの言葉をかけて頂いて感動しました。

被災地に近づくにつれ、被害の凄さを目の当たりにして驚愕。言葉を失いました。

世の中がひっくり返っていました。

二階建ての家屋が一階にペシャンコになったり、道路のまん中に建物が崩壊して通行出来なかったり、大きな穴があいていたり……。

すごい光景でした。

そんな地獄のような被災地に無事到着。

社宅の奥さんや子供さん達にお会い出来ました。

皆さん全員が御無事だった事を聞き、安堵致しました。

皆さんのお元気な姿を見た時は胸が一杯になり涙が止まりませんでした。

持っていったカセットコンロで豚汁を温め、熱い豚汁が喜ばれ、「作っていってよかった」と思いました。


震災は非常に辛く、すべてを奪い去る悲しい出来事でした。

平成七年。忘れられない年になりました。

この年に夫は定年退職を迎えました。

定年退職の日のために、私は夫へのサプライズをいろいろ考えていました。

夫へ感謝の気持ちを伝える事にしました。

大きい和紙にお礼状を書きました。


長い間お勤め御苦労様でした。

私や子供たちのために働いて下さってありがとうございました。

お陰で子供達もそれぞれ自分達の家庭を持ち歩きはじめました。

私も家庭と仕事の両立。何とかこなせたのもみんな貴方のお陰と感謝しています。

今日の節目に一言お礼を申し上げます。

「ありがとう」

「アリガトウ」

「有難度」


六十一歳までいろんなハードルを乗りこえてこられました。

誰も同じでしょうが、勤め人として時計の針を共に、人生休むことなく忙しく立ち働いてこられました。

これからの人生は今までと少し趣を変えあせらずに。ゆっくりと。のんびりをモットーにして健康に充分気をつけて元気で結婚五十年金婚式を迎えましょうね……と、夫と約束しました。

そして心を込めて作った手料理と一ランク上のビールをテーブルに二人で祝いました。

記念すべき退職の日の夕食。

夫は感動した様子でした。

「ありがとう」「ありがとう」と満足そうで、食事もビールもすすみました。

私も人生の節目。

この日を二人で祝うことが出来、充実感に浸り満足していました。

「幸せ一杯でした」

今も心に大切にしています。

退職後の夫は趣味の釣りを楽しんだり、孫との時間を大切にしたり、野菜づくりをはじめたり……退職前と変わらず忙しい毎日です。

徳島県で農家の三男として生まれた夫。

親の背中を見て育ちました。

高校生の頃は早起きして田んぼの手伝いをして学校に行った事もあったと聞きました。

結婚してからも週末を利用して田植え時や秋の稲の収穫。農繁期の時期など手伝いにいった時も何度か両親の顔を見に行ったり。

土に触れることが好きでした。

そんな生い立ちを体験しているからでしょうか、田畑を耕す姿は手慣れたもの。季節の野菜を上手に育てていました。

我家や子供達。親元そして収穫の多い時は、近くに住んでいる弟宅や妹宅。

知人や御近所さんにも配り、みんなに喜んでもらいました。

夫の退職後、数年して私も勤めを定年退職しました。

私は退職後、地域の民生委員を引き受けることになりました。

ひとり暮らし高齢者や、高齢者夫婦等の相談。見守りや給食ボランティア。若いお母さん達の子育て支援など、人と人のかかわりや地域とのつながりを大切にしながらパイプ役として活動。

自分の出来る事をさせて頂きました。

退職して十二年間、地域の人たちとの連携も深まりました。信頼関係も生まれました。
夫は野菜づくり、私は民生委員活動。二人共、毎日忙しい日々が続きました。
子供達からは、

老夫婦
　仕事もないのに
　　忙しい

といわれていました。

この頃、民生委員活動の伝達・報告として、「八尾民児協だより」に、このような文章を寄稿し、自分の出来ることを精いっぱい頑張っていました。

地区研修だより

曙川地区委員会　細川祥子

当地区は曙川小学校・刑部小学校・曙川東小学校区の各委員が、校区の福祉委員会の各種行事に参加しています。「広げよう地域に根ざした思いやり」をモットーに、各種団体と連携し活発な活動をしています。

また、八尾市に設置されている八尾市地域ケア連絡協議会では、福祉・医療・保健及び地域との円滑な連携の中で、ケアケース会議が二ケ月に一回実施されています。

各出席機関から、情報提供や制度、サービスにおける活動や、会議報告等が各委員に伝達され事例検証に基づいての勉強会です。

対象者の方たちが日常の暮らしの中で起きているさまざまな問題を取り上げ、ケアケース会議の中で検討しています。民生委員児童委員として何ができるか……地域の中でできること、見守りと安否の確認、声がけや隣近所との仲間づくりや訪問等々、自分のできることをして地域のつながりを広げることを大切に考えております。

また、緊急を要する事態も起こります。関係機関につなぎ一緒に向き合って知恵を出して支援活動に取組んでいます。今年立ち上げられた「校区まちづくり協議会」が地域の皆さんが安心して暮らせる安全なまちづくりにつながりますように……。


こうして夫も私も思うように動けたのは、近くに住む父と母が九十代になっても二人元気で仲良く暮らしていたお陰です。

特に母は、父が夕食時一合のお酒を「おいしい、幸せだ」といって喜んで呑んでいる姿を見るのが生きがいのようでした。

九十代に入ると毎日買物に行き、父の好みの料理づくりに精を出していました。

夫の作った野菜を持って行くと新鮮な野菜は「おいし～い。元気を頂いている」と、両親共々喜んでくれました。

私たちは忙しい合間をみつけ日程を調整して両親の顔を見に行ったり、和歌山県へ温泉に入りに行ったりしていました。

六十代からの新たな道

この時期、八尾市高齢介護課の「豊かな老後」作文に応募して、佳作を頂いた文章です。

六十五歳の夢

去年の秋、六十五歳になりました。

介護保険課より介護保険証が送られてきました。届いた介護保険証を手に「私は六十五歳」「高齢者の仲間入り」……「老人になった」複雑な思いがこみあげてきます。

六十五歳の重みをしっかり受け止めました。

友人に介護保険証が送られてきた事を話すと「ええ、ほんとう」「もう六十五歳になったん」「びっくりやな、今の気持ちは……」といわれて私は介護保険証を見せました。

友人は「年齢をいわなければ六十五歳と思わんよ」「まだまだ若いよ」と慰めであろうか励ましてくれました。

数年前までは、家庭と仕事を持って忙しい日々を過ごしていました。

六十歳で定年退職です。

その頃の私の気持ちは、仕事から離れる淋しさと解放されるうれしさが入り混じる中仕事量を減らして働き続けたい。

介護保険証を持ったケアマネージャーが私の夢、目標でした。

五年間働き続けられるかしら、私には年老いた両親がおります。私の退職を心待ちにして、お茶をのみながらのんびりあんな事こんな事、いっぱい話をしたいと思っていたようです。二人で生活しています。

数年前に退職した夫、子供達や孫たちも退職を待っていたようにも思います。

私の年代で働き続けるという事はとてもむつかしい事です。

何よりも私自身が、夫が、両親たちが、元気で健康でなければ叶わない願いでした。

定年退職後、仕事が出来る職場が決まりました。目標が身近になりました。

勤務日数も少なく、続けられそうです。

今までの経験が全て生かされる仕事です。

こんなうれしい事はありません。

六十歳からの出発です。

願いが叶い身軽になった気持ちが心を豊かにしてくれます。

ゆったりした気持ちで対象者の話に耳を傾けしっかり聞いて仕事をする。そしてやる気と元気を頂き一人一人の笑顔を見るのがうれしいから頑張れるのです。

人の心の思いもこの年だから手にとるようにわかるのです。とても充実しています。

この年でも出来る仕事だと思っています。一日一日を新たな気持ちで全力投球。

一年一年積み重ねました。今、六十五歳を迎え介護保険証を持ったケアマネージャー。認定調査員として仕事をしています。

六十五歳の私の夢が実現しました。

三十年と余りの年月福祉一筋に仕事が続けられた事は幸せです。生きていく上での大切なものをたくさん学びました。

いろんな事を経験させて頂きました。

まわりの人たちに支えて頂きすべてに感謝をしています。

父九十三歳母八十九歳の昔、口癖だった「石の上にも三年」「辛抱が肝心」「継続は力なり」子供の頃よく話し聞かせてくれた事を思い出しています。

今、二人揃って元気に生活している事が何よりもありがたくうれしく思っております。

日々の生活が忙しくても充実していました。

毎年温泉地で迎えるお正月は夫と私にとっては何よりも楽しみでした。

そんな楽しみがあるので日々の忙しい生活も頑張れたのかもしれません。

孫たちも六人になっていました。

両親、私たち子供たち孫たちがつながって近くで暮らしています。

新しい年を迎えた時いつも思った事や感じた事をその年のノートに記すのが日課になっています。一番下の孫は令和五年春、大学生になります。

その孫が幼稚園児の頃の思い出より

孫の声……

朝いつもの時間に
聞こえてきます
ぱたぱた弾む
元気な足音

玄関前で足音止まる
おじいちゃんおばあちゃん
行ってきます　孫の声
お友達と仲良くね
いっぱい遊んでおいで
一日のスタート
こんなやりとり二年目スタート
今日も明るいおひさま
いっぱい背にうけて
走る後ろ姿見送りながら
大きく大きくな～れ

当時の孫の姿が浮かんできます。
こちらは翌年に書いたものです。

つながりは宝もの

父九十六歳　母九十三歳
夫は七十代で畑仕事
私はもうすぐ七十歳
弟夫婦妹夫婦は六十代
その下弟夫婦は五十代
息子夫婦は四十代
娘夫婦も四十代
孫六人　幼稚園児
　　　　小学生
　　　　中学生と
　　　　高校生
皆皆元気で　暮らしてる
みんなの命　つながって
みんなの心　つながって
幸せが　　　つながって

このつながりは宝もの
大切な大切な　宝もの

暮らし方も生き方も人それぞれです。

昭和、平成、移りゆく中、たくさんの人とのつながりが出来ました。

何気ない日々の暮らしの中で感じる小さな幸せに感謝です。

私たち夫婦も結婚して四十五年になりました。

この年のお正月も温泉地・和歌山県すさみ町で迎えました。

久し振りに夫へラブレターを書きました。


眼下に広がる青い海少し目を移すと幾重にも連なる南紀の美しい山並みを眺めながら、もろもろの願いを託して貴方と迎えた二〇〇八年、とても新鮮で佳い年になりそうな予感……共に歩いて四十五年いろいろありがとうございました。

お互い年齢に応じた身体の老化現象を感じつつも二人で支えあって元気に生活出来ることは幸せです。

感謝しています。

あなた七十三歳私六十七歳。これからは今まで以上に体に気をつけて忙しい日々の中無理をしないでゆとりを持って一日一日を大切にして楽しく生活しましょうね。

日常の感謝の気持ちを伝える人がいる事の幸せを噛みしめています。

「ありがとう」

これからもどうぞよろしく

平成二十年　正月

二人で迎えたおだやかな静かなお正月でした。

その年も、次の年もみんなが元気でふつうに生活。

これ以上の幸せはありません。

平成二十一年には、大阪の某企業よりいきいきとしたシニアライフを送っていると、『いきいきシニア』の認定証を頂き、又元気が出ました。

前むきな気持ちになりました。

こんな私を夫は「単純やなー」と呆れ顔でした。

七十代——成長する孫たちと金婚式

平成二十二年秋。私は七十歳。

古稀迎え
　祝ってくれる
　　子や孫が

久々にファミリー一同が集まり、食卓を囲みました。
息子家族五人。娘家族五人からの古稀の祝。
少し早めの夫の喜寿の祝も一緒に。
二人祝福を受け宴もたけなわ、祝料理に舌鼓をうちました。
夜遅くまで楽しみ、充実した特別な一日になりました。

日々是好日
日々の暮らし、いい日もあればそうでない日もありますが、みんなが健康で過ごせる事はありがたいです。
　一番上の孫は自分の考えがあったのでしょうか、大学を一年休学して中国語の勉強をしたいと言って留学しました。

　留学し
　　勉強励み

豊かなり
歩みはじめし
社会を支ふ

今は公務員として仕事に精出しています。
二番目の孫は中学生の時、反抗期がありました。

反抗期
まっ只中の
孫みつめ
早く過ぎよと
日々手を合わす

娘も手を焼いておりました。
娘と孫の意見の衝突などで夫も私も間に入り話し合うのですが、なかなか和解に至りません。

意地をはり

折り合う事が
　出来ぬ子ら
間をとりもつ
　悩める祖父母

そんな孫も高校生になると反抗期があったのがうそのようクラブに熱中していました。

高校が遠方だったため、毎朝始発に乗り、一日も休むことなく通学卒業しました。

毎朝早起きして歩く夫と決まった所で会うらしく、家に帰ると夫は「今日も孫と会った」と話してくれます。

冬の寒い時も暗いうちから家を出ていました。

「今日も寒いのに、早起きして家を出るあいつは根性者や。偉いやっちゃ」と感心していました。

始発乗り
　高校三年間
　　通学す
得るもの多く
　辛抱身につく

孫の成長を楽しみ、おばあちゃん目線で成長の記録を綴って楽しんでました。

三番目の孫（高校生）

たけている
　友達多く　社交的
　まわりの情報
　しっかり　キャッチ

四番目の孫（高校生）

やるときはやる。遊ぶ時は遊ぶ。メリハリのある孫です。

　努力家で
　自ら学ぶ　姿あり
　学習意欲
　豊かなりけり

五番目の孫（中学生になって）
夫の入院中、病院に何度も見舞った時、看護師さんの姿に感じるものがあったと思います。

幼き子
　人により添う
　　看護婦に
思い語りし
　心あたたか

六番目の孫（中学生当時の姿を綴ったもの）
幼稚園の頃から習いはじめ、休むことなく高校生になっても頑張っていた剣道。

歩くみち
　剣道一筋
　　まっしぐら
未来夢みし
　希望の灯り

それぞれに孫の成長を見て楽しんでおりました。
一方で、平成二十四年、父が亡くなりました。
それほど寝付くこともなく、ピンピンコロリと言う感じで、九十九歳の大往生でした。
私たち夫婦は幸いに二人共元気で、平成二十五年春に金婚式を迎えました。
結婚五十年
三年前の結婚四十七年の時には

　口ぐせは
　　金婚式まで
　　　あと三年
　　時には喧嘩
　　　何でもありよ

と、おしゃべりしていた事を思い出していました。
その頃、気になっていたのが断捨離です。
家の中はものが増えすぎ、今元気なうちにはじめなければと思っていました。

今日は衣類の断捨離と、とりかかるのですが手にとってみると懐かしい思いが蘇ります。

年ごとに
増えた衣服を
仕分けする
捨て切れずに
作業すすまず

あの日あの時この色が好きで買ったな。

少しやせれば着れるかもと思うと、処分出来ません。

努力はするのですが、なかなか進みません。

写真の整理をしようと取りかかった日も、

「こんな時代があったんや、若かったな」と懐かしんだりしているうちに時間がなくなり、
写真の整理も出来ませんでした。

成果なしです。

いつもいつも反省ばかり……

こんな日常のくり返し……

平和です。幸せです。感謝です。

この年の十二月（平成二十五年）私は民生委員をやめることにしました。
十二年間いろんな事を学び、貴重な体験は私の大切なものになりました。
ふり返ってみて思います。
その時々に自分の出来る事を精一杯する事が、生きていく力になるような気がします。
今まで生きてきたこれまでの経験は、この先の私の道標です。

目標は
　健康長寿で
　　暮らしたい

年重ね
　心豊かに
　　生きたいな

最愛の夫との別れ――思い出に向き合う日々

後期高齢者にむけての心準備を考えていました。

平成二十六年、温泉地で夫と迎えたお正月にはくろしおに乗って孫娘二人（息子と娘の子供）がやって来ました。

賑やかに過ごし、温泉を楽しんだり食事をしたり、いい思い出がたくさん残りました。

八尾に帰ると、夫は日本交通公社へ行き、沖縄旅行を決めてきました。

私は旅行に行くなら二人で話して決めたかった気持ちも少しあったのですが、夫が私を喜ばそうと思って決めたんだなと思い、何も言わずに喜んで行こうと思いました。

予定通り沖縄旅行を楽しんで帰ってきました。

この時もふつうに生活。

ばあちゃんは
人生川柳で
痴呆《ボケ》防止
じいちゃん畑で
野良仕事

夫は変わらず野菜づくりに精出していました。

ある日のこと、夫は畑仕事を終え帰ってくると、腰が痛いと言うのです。

「病院に行こう……」と話すと、「畑仕事の疲れかも」といっていましたが、紹介状を持って総合病院へ。検査をして頂きました。

後日検査の結果を聞きに行くと、大腸に異常があるとの事。心配で心配で……。

単身赴任で仙台に行っている息子も帰り、娘も一緒に医師の説明を受け、その後の事を一緒に考え、手術をする事に決めました。

手術は無事済んだと聞き、ほっとしました。

手術経過もよく退院も決まり、皆で喜びあいましたが数日後に体調が悪化、再入院となりました。

平成二十六年六月入院。

その後、入退院をくり返し、同じ年の九月に夫は亡くなりました。

年齢は七十九歳でした。

何事も相談して決める人が、自分の思うがままに沖縄旅行の日程も決めて来た事に不思議を感じました。

亡くなる八ケ月前の旅行でした。

私は突然のことで、数ケ月前まで一緒に旅行に行ったり、元気に畑仕事、野菜づくりを頑張っていた夫が亡くなったなんて信じられませんでした。

不幸のどん底につき落とされた思いでした。

なんで。どうして。辛くて悲しい。寂しい。声が聞きたい。話がしたいと思いました。

赤い糸で結ばれて五十二年。

あなたは「さようなら」も言わずにあの世とやらへ行ってしまいました。

何が何だか何も手につかずただただ戸惑うばかりです。会いたいです。

五十二年間残してくれたものを思い返しています。

あんなこと。こんなこと。つい昨日のように浮かんできます。

私たち家族のため精一杯の愛情をそそいでくれました。

みんな、みんな感謝しています。

思い出たくさん残してくれて「ありがとう」「幸せでした」。

毎日悲嘆にくれる日々です。


夫が亡くなって一ケ月後に母が亡くなりました。年齢九十七歳でした。

母が亡くなった二日後に母より二歳年下の母の妹が亡くなり、身近な人が次々逝ってしまいました。

平成二十六年これまでの人生で一番辛い悲しい出来事が起きた激動の年でした。

我が夫
　がまん強さが
　　命とり

夫を亡くして心に大きな穴があいていました。

平成二十五年、二十六年、天国と地獄の年でした。

亡くしてみて
　わかる夫の
　　ありがたさ

夫のいない年の瀬を迎えていました。

ひとり暮らしになり生活にはりがなくなりました。

「おいしいね」といったら「うん、おいしい」といって返してくれる言葉はもう聞けません。

こんな料理を作ってあげよう。と思っても、夫はもういません。

これからは一人ぼつぼつ生きるんだな――

写真を撮るのが趣味だった夫が残した写真がいっぱい。

孫の幼稚園や、小学校の発表会、運動会など、行事の度に撮った思い出の写真……。

夫婦旅や家族のイベントなど、家族の幸せの瞬間を撮った写真が次々出てきます。

写真を見ていると心が癒やされていきました。

私はいつでも写真を見られるようにと、額などに思い出を詰め込みました。

部屋の空いたところに写真を飾ったり壁に掲げたりして写真に囲まれた部屋が私の幸せな居場所になりました。

悲しみから抜け出すために……。

家族写真を眺めながら、

亡き人を
　しみじみ思い
　　こたつ番

孫や夫婦旅の写真を見て楽しかった思いが蘇ります。思い出が私を元気づけてくれます。

こんな私を、近所に住む息子家族や娘家族が度々気づかってくれます。

妹も泊まりに来ておしゃべりをしてくれます。

御近所さんや友人仲間たちに支えられ、少しずつふつうの生活に戻ってきました。

その一方で、一部屋丸々を、家族の思い出を飾る部屋にすることにしました。大きな額をいくつか買ってきて、家族の揃った写真等をコメントを入れて仕上げていきました。いつでも思い出を楽しめる場所を作れたことに、自分なりに満足しております。

夫が亡くなって一年数ケ月過ぎた頃、毎月届く市政だよりを手にとると、我市の行事。金婚式長寿を祝う会が目に入りました（毎年催される行事です）。

その時「豊かな老後主張発表会」があり、作文の募集がありました。

私は夫との思い出を書いて応募し、佳作賞を頂きました。

以下はその原稿です。

川柳で今を生きる

赤い糸で結ばれて五十一年と六ケ月。悲しみは突然やって来て「さよなら」も言わずにあなたはあの世とやらへ行ってしまいました。私の心ははり裂けんばかり。もっといっぱい話したかったのに、寂しい。逢いたい。悲しい。辛い。……日々の暮らし。九ケ月が過ぎた頃、あなたの車の中のものを出してみました。懐かしい。ほんとうに懐かしい。車でよくあちこち連れて行ってくれましたね。

二人して　温泉楽しむ　幸せ感

あの頃の事が次から次へ浮かんできます。
「ほんと幸せでした。ありがとう」
私があの世とやらへ行った時、両手を広げて迎えてね。私の願い叶えてね。あなた。

いまわたし　辛い苦しい　厳しいよ

去年一年前、夫に書いた手紙です。うれしい事があった時、子供や孫が揃った時も、何度か夫に……返事もないのにたよりを書きました。
みんなが揃った時、いつもよりちょっといいビールで乾杯祝い膳です。「母さんよかったな！　たくさん食べて呑んで下さいよ」いつもの夫の口ぐせが聞こえてくるようです。

楽しみは　自分でみつけて　作るもの

そんな私、早七十五歳になりました。

突入した　後期高齢　歩き出す

家庭と仕事、夫婦共働きで六十歳まで無我夢中で働いてきました。
定年退職してすぐ、近所の民生委員さん他から民生委員を引き受けてほしいと頼まれました。荷が重すぎるので丁重にお断りしたのですが再度頼まれ、迷っている私に夫は「定年まで仕事させてもらったんや、自分の出来る事で人の役に立つんやったら引き受けたらどうや。家の事は協力するから……」と助言をくれ、引き受ける事にしました。仕事していた頃と同じ位、忙しい日々。夫に、「お前はゆっくり出来んように忙しい人間に生まれてきてるんや」と言われました。
地域との行事に参加。つながりも広がり、支えたり支えられたり、かかわりも深まっていきました。

　よき友と　出会ってうれし　感謝する

多くの人との出会いがあり、仲間や知人がたくさん増えていきました。

おしゃれして　心喜び　桜《ハナ》見する
春風に　誘われ旅する　二人です　　夫と
夏が来て　心静かに　滝を見る

夏の朝　暑気払いに　熱いお茶
秋になり　心やわらか　紅葉《モミジ》める
冬迎え　心構えは　大丈夫
一年を　巡り巡って　又一年

四季のくり返し、十二年間、七十三歳まで、民生委員をさせて頂きました。年を重ねる中で味わう人生最大の喜び金婚式。最大の悲しみも経験しました。仕事やボランティア他ではいろんな事を学び、貴重な体験は私の大切な宝ものです。ふり返ってみて思います。

その時々に自分の出来る事を精一杯する事が、生きていく力になるような気がします。今までの経験は、この先の老後の道標です。八尾は、五十三年間住み慣れた、安心して暮らせる、私に元気をくれる町です。

これからの私の仕事は、元気で今を、しっかり生きていく事だと思っています。

目標は　健康長寿で　暮らしたい
年重ね　心豊かに　生きたいな
食卓に　サプリ並べて　次これだ

やっぱり元気でいたいから。そして夫のようにピンピンコロリで終わりたい。

続いては、翌年の「豊かな老後主張発表会」に投稿し、奨励賞を頂いた文章です。

地域とつながる豊かな老後

私、思うのです。
高齢者が生き生きと安心して暮らせる社会とは、心のあり方や趣味を持つなどにあるのではないかと考えます。
日々の暮らしは感謝の気持ちを忘れず、そして四季の移ろいやまわりの自然に感謝する暮らしが心にゆとりを持たせてくれるように思います。

隣から　おしろい花が　こんにちわ

散歩や買物に出かけた時など目にする風景。草花に癒されたり、たくましい雑草を眺めて元気をもらったり、日常生活の中で感じた事を十七文字にしてメモをとる。そしてゆっくりした時、読み返して楽しんでいます。

もうすぐ喜寿、今までの生活がつながって暮らせている事がありがたいです。二人の子供達もそれぞれに家庭を持ち、孫は六人いて、みんな近くで普通に暮らしています。

三年前、五十二年間一緒に暮らした夫が突然亡くなり、人生最大の危機に直面しました。

我が人生　夫亡くして　終わりかな

大切な夫を失った悲しみは大きく、どうしようと立ち直れないくらい落ち込みました。八尾で暮らして五十四年、親しい友人や仲間たちに支えられ助けられて、少しずつ元気を取り戻しています。

買物に出かけたからと、お茶菓子を置いていってくれる友。手作りのおやつを作ったのでお茶にしてと、持ってきて下さる町内会の人。主人に供えてと、収穫した地の野菜を届けて下さる人。元気にしてるか心配して電話をかけてくれたり、花見に誘い出してくれる友人たち。女子会しようとおしゃべりしたり、食事をしたり、楽しい場をもり上げてくれる仲間たち。

たくさんの人達の気配りや温かい心に助けられました。地域の自然やたくさんの人達の人情に触れ、心豊かな老後を送らせてもらい、まわりの人達みんなに感謝しています。人と人のつながりの素晴らしさやありがたさを実感しました。

マイペースですが、日常の家事仕事が出来る。買物や行きたい場所に行ける。三度三度の食事は健康面を考えて調理し、おいしく食べられる事が何よりもありがたいです。

旬のもの　頂き心　弾んでる

ときには、

ごちそうよ　夫の写真も　仲間入り

加齢に伴い暮らしのリズムはのんびりです。今年の目標は、

ばあちゃんの　三百六十五日を　川柳で

その日の出来事や私なりに感じた事を雑記帳にメモして、二〇一七年の思い出づくりに励んでます。豊かな老後、人それぞれ生き方もいろいろあるでしょうが、地域や地域の人達とつながり、自分らしく生きる事だと思っています。健康に気をつけて一日一日を大事にし、精一杯生きたいです。加齢により体の機能も低下。体の不調や思いもよらぬ事態だって起こりうる不安もありますが、住み慣れたこの町で感謝の心を忘れず暮らしたいで

す。

書いている間は何もかも忘れて無になれる。
私は書く事が好きになってきました。

畑仕事に精出し
　元気だった夫
ピンピンコロリと逝ってしまった
金婚式から一年も経ってないのに……
ショック大　立ち直れないかも
作り手のない畑を見て暮らす
一面に雑草が
目をみはる成長ぶり
雑草を眺めて夫を想う
私七十五歳
私も雑草のように生きたい
雑草に気づかされる
雑草よ「ありがとう」

歳月を川柳に詠む

ふみ綴り
　豊かな老後
　　明日へと

私、七十五歳、後期高齢者になりました。
きのう七十四歳、今日七十五歳。いつもと何も変わらない。ふつうの暮らしです。
きのうにつながりあしたにつながる今日という日を大事にしようと思いました。
ふつうの暮らしは宝ものです。
私の願いは元気でふつうに生活することです。
その年その年の自分の姿を五、七、五川柳に残しています。

七十五歳
　突入した
　　後期高齢

歩き出す

七十六歳
老いの坂
道草しながら
ゆっくりと

七十七歳
喜寿むかえ
元気な暮らし
宝なし
ふみひと言
楽しんでます

元気です

七十八歳
今日も又
ふみひと言を
夫に記

七十九歳
年重ね
一喜一憂
日々感謝

川柳で
我人生を

顧みる

八十歳
八十路坂
人生楽しみ
暮らしていこ

傘寿なり
ファミリー集まり
祝いの宴

幸せを
たくさん味わう
傘寿です

以下は、平成三十年度の八尾市高齢介護課の「豊かな老後主張発表会」に三度目の応募をして、奨励賞を頂いた原稿です。

「今を楽しみ、ありがとう」の多い人生を送ること

私、喜寿。お陰さまで元気に暮らさせて頂いています。食事時「おいしいね」といったら「うん、おいしい」と返してくれる夫の言葉が聞けなくなって三年と数ケ月……。その当時、会いたくて、話したくて、寂しくて、悲しくて、辛くて途方に暮れる日々でした。

こんな気持ちをまぎらわすために書いてみようと応募したのが二年前です。今年で三回目の応募です。書くことによりずいぶん助けられました。書いている間は辛いことなどみんな忘れています。辛いのは自分だけではない。

私の年代になると同じような境遇、経験している友人や知人、仲間がたくさんいます。みんな試練を乗り越え、ひとまわり大きくなった人生をそれぞれに歩んでいます。そんな経験をして自分の生き方が見えます。

老いたって　心は若く　暮らしたい

生きがいは「今を楽しみ、ありがとう」の多い人生を送ることです。

日々の暮らしの中でみつける幸せに感謝、一日一日がありがたいです。

七十七歳。行きたいところに行ける。思ったらすぐ行動出来る。私の事を気にかけてくれる十四歳から二十五歳までの孫が六人いる。そんな私を車でどこまでも連れて行ってくれる息子や娘がいる。そして一緒に楽しめる妹や友人がいる。

花を愛で、温泉旅行を楽しみ、自然の恵みの尊さを感じ、その土地土地の食の豊かさ、おいしさを味わうことが出来る。私は限りなく幸せ者です。

今年の六月、あじさいの美しい季節に、娘と温泉旅行に出かけた時の事です。素晴らしい老夫婦に出会いました。二人仲良くいたわりあっての旅です。「米寿の祝に子供や孫が二人で行っておいでと和倉温泉の旅をプレゼントしてくれたんです」と、少年のような顔で嬉しそうに話される御老人。横では満面の笑みで喜んでおられる奥様。「おめでとう」と言葉をかけ、娘と感動。私たちまでうれしく胸が熱くなりました。元気な老夫婦に出会えてよかった。八十代の二人旅に生きる力を頂きました。

夕飯時には、隣の席に、㊗と書かれた紙が置かれていました。娘と「お祝いのお膳ね」と話していると、私たちと同じ母娘連れの方が来られました。明るい声で「八十歳なんです」。お祝いの言葉で話が弾み、楽しい旅の思い出が又一つ増えました。至福のひとときに感謝です。

「お母さん。八十歳すぐだよ」という娘。

「その時元気だったら、行ける子供達、孫達で又旅行しよう。楽しもう」という私。
この度の旅行では元気な高齢者の人達と出会い、雑談力で大きなパワーを頂き、感動の連続。行ってよかったありがとうの旅でした。
これからも今を楽しみ、今に感謝して、今を一生懸命生きていこうと思います。七十七年分の「ありがとう」に心をこめて。「ありがとう」の多い人生を送りたいです。

またこの時期（二〇一九年）には、八尾市立八尾図書館で開催された「図書館川柳」の第一回に応募し、同館が刊行している冊子『本・読書・図書館』に二句が掲載されました。

健脳で
居たいとばあちゃん
本を読む

図書館は
まちのみんなの
学習塾

引き続いては、令和元年度の「豊かな老後主張発表会」に応募して、優秀賞をもらった原稿です。

人生をふり返り思うこと

明るい余生を送るため、楽しみは自分でみつけつくるもの。私の生きがいです。健康維持を考え、計画をたてる。楽しみをつくり、豊かな老後を送れるよう気をつけています。元号が変わり、この節目を機会に自分の人生をふり返ってみることにしました。

我人生は　豊かなり
令和をむかえ　人生をみつめる
親からもらった　元気な体
二十二歳で　結婚し
二人の子供を授り　六人の孫
家庭と　仕事と　子育てと

夫と共に　五十二年
時はあっという間に　流れゆき
名もなく　ふつうで　それなりに
こんな暮らし　最高の幸せ
ぬくもりのある　居場所だから
結ばれた赤い糸　五十二年で
突然　プツリーと切れる
子供や孫私のために　精一杯の愛情を
そそいでくれた夫は　もういない
五年前　七十九歳の　命をとじる
途方にくれる　闇の中
暗く生きるより　明るく生きねばと
一歩ずつ　一歩ずつ　前むきに
救ってくれたのは　書くことでした
ふみ綴り　豊かな老後　明日へと
人生一〇〇年時代と　聞くけれど
一〇〇歳までは　無理　無理よ
残りの人生　感謝して

大切に　大切に　暮らしたい
今までの人生が　気づきをくれる
元気をくれる　そして勇気をくれるから
大切に　大切に　生きねばと
笑って　笑って　暮らしたい
うれしい事が　いっぱいある
楽しい事も　いっぱいあるから
辛い事や　悲しい事は　耐えられる
七十八年の　流れの中に
生活の知恵が　詰まっている
日々の暮らしは　宝もの
感謝で始まり　感謝で終わる
今日も一日　幸せでした
ありがとう　ありがとう

たくさんの人達との出会いや別れなど、歩んできた人生が糧となり、今につながっています。私にとっての豊かな老後とは、日々の生活の中で感じた事や出来事を話しあったり、書いたりすることです。それがとても楽しいのです。

後期高齢者、安堵と不安が交互する不安定な年齢を生きています。今日元気でも、明日元気であるとは限りません。その時その時を、しっかり受けとめ、自分の思いに添った暮らしがしたいです。

ふみ綴り　暮らし楽しむ　七十八歳

残された人生、豊かな老後を送りたいです。

平成から令和へ、そしてコロナ禍

令和二年です。
中国武漢で発症した新型コロナウイルスが日本にも……感染者が続出というニュースに恐怖をおぼえ、外出を控えました。
我が町でも緊急事態宣言の放送が流れ外出は自粛大丈夫かな不安な日々の暮らしです。

生花入れ
自粛要請

癒やされる
日常が非日常になってしまいました。

ステイホーム
川柳楽しみ
時過ぎる

コロナ禍が
長びき老化
足衰え

ウィズコロナ
生活様式
変わりけり

コロナ太り
まわしの似あう

腹になり
（おなかなり）

イマデキか
不出来でも楽し
幸せよ

幸せを
みつけて楽しむ
我人生

自粛要請が促され、生活の行動範囲が制限され、生活は一変してしまいました。ステイホーム。おうちにいようよが日常となりました。
こんな暮らしが続く中でも、今までと変わらない生活を心がけ、健康管理に努めています。

以下は、令和2年度の「豊かな老後」作文募集に応募し、佳作を頂いた原稿です。コロナ禍以来の日々の変化を綴ってみました。

ステイホームで暮らしが変わる

今年二月、新型コロナウイルス感染症のニュースが流れる。

大変な事が起こった。

みんな用心しての暮らしである。

高齢者が感染すると重症化する人が多いと聞き、秋には八十歳を迎える私は戦々恐々である。

感染すると辛いし、まわりの人たちに迷惑や心配をかける。とても不安である。

感染しないように気をつけ、マスクや手や指先の消毒……手洗いを念入りにして出来る限り外出を控えようと心に決める。

毎日家の中での生活、時間は充分ある。

こたつに入り、豊かな老後を考えてみる。

自分の思っていることを綴り、文章を読みかえし訂正をしたり、何度か書き直して仕上げた。

ほっこりと　暮らし楽しむ　おばあちゃん

市や地域の行事中止の回覧板がまわってきた。事態はだんだん深刻化、不安が募る。近所に三人の孫がおり、大学や高校の受験を控えている。

この大事な時期に、大変な事態になったと心を痛めているところへ孫から、三月二日から学校臨時休校になったと聞かされる。

学校が休みだと朝寝するのではないか、生活のリズムが崩れるのではないだろうかと次々心配になり、孫と相談。

我家は　明日から　学習塾　となる。

朝から部屋を暖め、おやつ付きで孫を待つ三月。コロナコロナであけ暮れる中、孫たちは大学受験、高校受験そして卒業、入学と成長し、それぞれが頑張りました。

私は卒業式や入学式の感動が体験出来ない孫たちに、形に残るものを何か思い出として残したいと考え、思い出を作ることにしました。それぞれに卒業証書を持った孫たちの写真。孫たちの育ちの姿や今の思いを綴り……六十二×四十五センチの大きな額に仕上げてみました。作品は思いのほか好評で喜ばれました。

幸せを　みっけて楽しむ我人生

今年は春が来ても花見も出来ず、緊急事態宣言が出されステイホーム。おうちにいようと自粛要請が促されました。
二月に書きあげた「豊かな老後」はコロナ禍で生活が一変してしまいボツにしました。

イマデキを　しっかり考え　家の中

自分の暮らしは自分で快適に暮らそうと、

花を入れ　自粛要請　癒やされる

緊急事態宣言の延長、大阪府や八尾市を、より一日も早く安心出来る暮らしを戻すため、家にいよう。命を守ろう。感染しない。感染させない行動の呼びかけを耳にしました。

コロナ禍で　日常のびた遠ざかる

緊急事態宣言が解除されても毎日コロナウイルスの感染者が出て感染者の数がふえ続けている。いつ終息するのか待ちどおしい。
今年は生活様式が変化。マスクと手洗いと消毒がセット。イマデキを考え、自分の出来る事をしっかりして暮らしていこうと思います。

秋には、心豊かに小さい秋をみつけよう。

明日が楽しみと思って暮らせたら幸せ。

また、この年にも市立八尾図書館の「図書館川柳」に応募し、やはり一句が冊子『本・読書・図書館』に掲載されました。

ステイホーム
　時間たっぷり
　　読書出来

スマホより
　本読みすすめる
　　おばあちゃん

さらに続いては、令和3年度の「豊かな老後」作文に応募して、佳作を頂いた原稿です。

非日常の中での暮らし

去年から世界中の人達を恐怖におとし入れている新型コロナウイルスは弱ることなく感染拡大。感染者が増え続けているニュースが流れる度に、びくびく不安な生活が続いています。

ウィズコロナ　生活様式　変わりけり

一日も早く収束してくれますようにと願いながらの暮らし。コロナ禍二度目の夏を迎え、長い間の巣ごもり生活、とても厳しいです。
外出を自粛して外に出ることは極力控え、気がかりなのは足腰が弱くなった事です。特に歩行に関しては長歩きが辛くなり、筋力の低下を実感しています。

コロナ禍で　体力落ちた　巣ごもりで

日常の生活が奪われ、今までの生活が出来なくなりました。高齢者にとっても誠に厳しい。

感染予防をして非日常を元気に暮らそうと、自分に合った暮らしを模索中です。去年十月、傘寿を迎えました。家の中にひきこもり時間はたっぷりあります。私の現況を綴ってみました。

八十年使い古びた昭和の体
毎日コロナニュースが流れても
「おはようさん」と朝がくる
朝のエンジンかかりにくい
腰が痛い足が痛い体のあちこちが痛い
朝夕内服健康保つ
空みて山みて花をみて
電話でのおしゃべり楽しい元気出る
家事仕事現状維持に励んでる
食事もおいしいビールも呑める
笑うことも出来る
収束したら女子会約束した友もいる
ステイホームで楽しみみつけ
時間たっぷり文綴る

デルタ株恐いニュースが聞こえてくる
三密さけてマスクと手洗い実践する
非日常が日常化
少々不安で弱音を吐けば
「おばあちゃんまだまだ大丈夫」と孫がいう
気をとり直し人生流れに沿っていこ
労を労う我手や足に
今日一日に「ありがとう」
夫の写真に「おやすみなさい」
明日いい朝迎えられそう

これからのおまけの人生大切に生きよう。
今自分が出来ること。健康を維持するために食生活をおろそかにしないように心がけ、栄養のバランスを考えた食事づくり。

八十歳　しっかり食事　つくってる
おうちごはん　日々の食事　頑張ろう

この先面倒やなと思っても、少々痛いところがあっても、気分がすぐれなくても、ルンルンでも作り続け、母のように生きたいと思っている。食べるものも幸せも「よく嚙みしめて味わい」暮らしたいです。

何事も前むきに考え豊かな心を忘れずに生活したい。コロナ感染症が収束して今までの日常が戻るのを心待ちにしています。

町なかを　マスクはずして歩きたい

八十代窮屈な生活の中での喜び

毎日、コロナ感染者の人数が伝えられる度に、数の多さに恐れていました。しっかり睡眠をとり三度の食事づくりに気配りしました。

買物は嫁や娘に頼み、出来るだけ外出を控えています。

高齢者が感染すると重症化すると聞き、用心しています。

体調が悪くなっても診察して頂けるかどうかわからない状況……とにかく元気でいなければと思いました。

こんな日々の暮らしに、二番目の孫（男）がケーキを持って「食べて……」と届けてくれました。

先ずは、「おじいちゃんにお供えするね」といって仏だんに。

「こんな上等のケーキ買ってきてくれたよ」と、仏だんの夫に話しかけ感激しました……。夕食前だったので食事がすんでから頂くというと「今日中に食べや。おいしいうちに……」

といって孫は帰っていきました。

食後に紅茶を入れ、上等の器にケーキをのせて、幸せ気分で味わいました。

「ああ、おいしかった」

「幸せです」

こんなうれしい事もあるから人生って素晴らしいね。お父さん。

長生きはするもんですね。と仏だんの夫に語りかけ、眠りにつきました。

私は子供や孫が近くに住み地域には古くからの友人や知人がいて幸せだと感謝しています。

私が八十歳。傘寿を迎えた時子供や孫たちがお祝をしてくれました。

外出は無理なのでみんなが我家に集まり総勢十四人。ひ孫も顔を見せてみんなの人気者。にぎやかなお祝い会になりました。

孫娘がおじいちゃんも喜んで仲間入りしているよ。と言いながら写真をたくさん撮っておりました。

おいしいものもたくさん頂いて、楽しい思い出を残してくれたみんなに「ありがとう」です。

後日孫娘が写真を届けてくれました。

私は大きな額を買ってきてもらい、人生の節目の思い出づくりを楽しもうとファミリー写真を額に並べてみました。

傘寿をむかえて

写真を並べて綴ってみる
年輪重ねて八十年
亡き夫との生活五十一年
ふつうの暮らし宝もの
思い返してふり返る
ありし日々の喜びが
その時々の喜びが
喜んで喜びつれて

喜びに来た
積み重なって八十年
大きな大きな喜びの渦
幸せいっぱいありがとう
傘寿の祝ありがとう
みんなみんなにありがとう
感謝感謝で暮らしていこ

ままならない身体と付き合いながら

祥子　八十歳

二〇二〇年。令和二年十月二十八日。誕生日。

八十代に入り、朝起きる時、足が痛い、肩が痛い、腰が重痛い等々あるけれど、この年齢になり日常生活で体が動き、三度の食事づくりなど家事仕事が何とか出来る事や、まわりの人たちとおしゃべりが楽しめる暮らしは最高の幸せです。

老後の生き方、いろいろあるが……。

生き方や楽しみ方は違っても、自分に合った生活を大切にして暮らしたいと思っています。
やっぱりふつうの暮らしは宝ものです。

年考え
　体ポンコツ
　　無理きかず

根つめて
　あとで後悔
　　又やった

七十代とは違うのよ。
心して暮らさねば。と自分に言い聞かせの暮らしです。
今亡くなってもいいような暮らし方は……。
百歳まで長生きしても大丈夫な生き方は……。
後悔しない生き方とは何だろう思案中……。
時には止まって周りを見渡してみる。

いつもと違う景色が見える。
悲しい思いや辛かった事が懐かしい思い出に変わっていきます。

夫亡きあと　なんとか生かされ
我人生　好きに生活満ちたりて
悔いのないよう　暮らしたい
残りの人生　丁寧に生きたい
老後の幸せ　これでいいというきまりはありません
幸せを幸せと感じる人になりたい。
令和四年春。八十一歳にして思う。

　　コロナ禍で
　　　会食出来ず
　　　　春寒し

この頃夜中に時々手や足が痛くなる。

起きて一時間余りすると治っている。
友人に話しすると、私も膝や腰あちこち痛いよという。
同年齢同志、励まし合って気をとり直す。
医者に行くほどでもないし……でも……。

なんでかな
　何もせんのに
　　肩がこる

今まで通り快適ではないが家事仕事は出来る。
年を重ねると痛いところが増えてくる。
老いと病気。
きのう出来たのに今日出来なくなることだってあるだろう。
年を重ねると予想外のこともおこるだろう。
受け入れられるかな、受け入れねば……と不安。
長い人生ままならない。
いい事も悪いこともすべてを受け入れて、豊かな心を持たねばと思う。
なるようにしかならない。開きなおろう。

きのう出来た事が今日も出来るような生活を心がけたい。


令和四年の夏を迎える。

猛暑続きで命の危険のある暑さ続く。

地球温暖化、気候変動など、新聞やテレビで報じられている熱中症とコロナ感染に気を付けての日々の暮らしである。

もう、うんざりです。


二ケ月に一度歯医者に通っている。

きれいに歯石をとって頂いた。

帰り際、歯科衛生士さんにほめられた。

前歯の下の歯六本。

すき間もなく歯も歯ぐきもしっかりしている。

八十一歳なのに二十歳の歯ですよ……と、

「うれしいこと言うてくれはる」

他の歯は詰めものあり、かぶせあり、歯周ポケットありですが、この日は一日快適でした。

八十一歳、自慢出来るものがみつかりました。

以下は、令和4年の「豊かな老後」に投稿し、優秀賞を頂いた原稿です。八十代になったことで、これまでの「豊かな老後」への投稿について振り返っています。

生きがいみ〜つけた——私のやりたいこと——

当年八十一歳。年を重ねることの不安より幸せを感じていたいと思って暮らしている。毎日決まった時間に目がさめるが朝のエンジンなかなかかからず時間がかかる。

ぼつぼつと家事仕事にとりかかる。掃除洗濯買物等家事一般……予定通りにいかないことが多いけれども八十歳過ぎてもスローペースだが思いのままに体が動けて好きなことができる『ゆるゆる生活』とても幸せです。

衣食住には支障はない。子供や孫ひ孫がいて、笑いをいっぱい届けてくれる。毎日笑って暮らせる事に感謝です。

おしゃべり楽しむ友人や、元気をくれる友がいる。こんな私にやりたいこと目標がある。

今から八年前、元気だった夫が突然病で逝ってしまった。私七十三歳。毎日が辛く寂しい日々……九ケ月が過ぎた頃、夫の車の中を整理。目にするもの手にとるものすべてが懐かしく、夫と暮らした五十一年余りの思いがいっぱいに溢れ、涙がポロポロ片づけが進みません。

夕方になったので思い出のもろもろをダンボール箱に詰めこんで、後日片づける事にしました。夕飯の準備で台所に立つと、少し前に届いた市政だよりがテーブルの上に。手にとってパラパラめくると「豊かな老後」が目に入りました。まさしく「これだ。生きがいみ～つけた」とダンボール箱の中の夫との思い出を書き綴り、応募しました。

豊かな老後一回目、六年前の事でした。

豊かな老後を十年間十回書き続ける事が、私のやりたいこと、生きがい、目標になりました。目標に向かっていろいろ考え、日常により関心を持っての暮らし。気づきや刺激をもらって、とても楽しいです。

目標を叶えたい強い思いと不安が交差します。後期高齢者にとって十年はとても厳しい道のりです。途中で何があるかわかりません。一年一年、年を重ねる度にハードルは高くなります。今年も今の自分が一番若い、元気だと言い聞かせ、「豊かな老後」を書きました。

書いたり消したりくり返しながら、すべてを忘れて没頭。幸せな時間が流れていきました。七回目の豊かな老後を書き終え、仏壇の前に座り大きな声を出して読んでみました。

夫の写真に「どーう？　これでいいかな」と問うてみても、写真の夫は黙って笑っているだけ、何も言ってくれません。でも私は満足です。

六年間、「豊かな老後」を書き続けられた事に感謝して、七回目を書き終えた至福のひと時でした。充実感に浸りました。

六十年住みなれた土地、八尾市で働き、退職後は十二年間ボランティアに熱中し、地域とつながり自然に触れて、やりたい事を精一杯頑張ってきたこれまでの経験が、今につながっています。私をとりまく環境に感謝しています。

私のやりたいことが叶いますようにと、ゆるゆる生活を楽しみたいと思っています。目標に向かって豊かな老後を書き続けるのが願いです。ゆっくりとした暮らしを大切にして一歩一歩……歩いていきます。

八十二歳、突然の「壁」

やってきた　八十二の壁　突然に
受け止め歩む　ヨタヨタ人生

体調の変化、暮らしの転換期を迎えました。

季節は夏から秋へ。

私が八十一歳から八十二歳になる時です。

温泉地におりました。

何だか右肩が痛い。

温泉で治して帰ろう。と温泉に入るがいっこうによくならない。

我家に帰り連休明け近所の整形外科を受診しました。

右肩から右腕に痛みはだんだん広がりきつくなっていきます。

先生に診てもらってもよくならない。

薬をのんでも時間が経てば痛みが激しくなる。

塗り薬を塗ってもすぐ痛くなる。

レントゲンもとって頂いた。

八尾市内の総合病院でＭＲＩをとってくるように指示を受ける。

診断は右肩腱板損傷。肩関節周囲炎。

筋の炎症。を認めます。との結果。

夜になると痛みが強くズキズキして眠れない。足のむくみも出てくる。

足のむくみがだんだんひどくなり立ったり、座ったりが痛みで出来にくく悲鳴をあげ苦痛に耐えていました。夜も痛みで眠れない。

肩から手。足体全体痛む。ズキズキジンジン「夜になると痛みがひどくなり眠れない」と、先生に伝えると、こんな病気ですと一言。

治療は手術か注射で治すしかないといわれる。

家族と相談して注射で治すことに決めた。

この注射期間一週間から十日あけること。

四本以上は打てない。

医師から説明を受けました。

私は病気の事、何もわかりません。

期間をあけて四本以上打てない強い注射。

きつい注射なんだな。

絶対治る、と信じて治療に専念しました。

一週間から十日間隔。一ケ月余りかかるな……。

頑強ろうと心をふるいたたせていました。


十月から痛み出し、十一月になっても激痛の日々が続きます。

今まで経験したことのない痛さ。

注射四本打ったのに治らない。

一ケ月に一回、内科で薬をもらっている。

先生に話して総合病院で診てもらいたい旨を伝えると、整形で診てもらってるので出来ないと断られる。絶望し家に帰る。

家事仕事も出来なくなっていました。

この二ケ月、息子家族、娘家族が入れかわり立ち変わり心配して見守り、食事づくりも話しあって交代で毎日寄り添ってくれました。

私は今まで和室で寝ていました。

が、起き上がるのが一苦労です。

立ち上がるのは又又大変です。

何か支えになるものを持たなければ立ち上がる事が出来ません。

立ち上がる時、痛さに悲鳴をあげていました。

体の移動も痛さが伴います。

今までの人生でこんな体験は、はじめてです。

私の体の中で何が起こっているの……

今まで元気で過ごせたのに急に何が起こったのか。

もはやこれまでかと思いました。

生活は一変してしまいました。

復活は出来るのか。

不安が募りました。

この頃は肩より足の痛みが一番きつくなっていました。

横になっても体のむきを変えるのが大変。

椅子に座ると何かを持って立つのは少しらくだが長時座るのは無理。

お尻が痛くなります。

ほんとうに辛かった。

この状態を知った孫（男）が、一緒に医者に行こうといって、車でかかりつけ医（内科）へつれて行ってくれました。十一月の末の事です。

今までの検査結果を聞いていました。

今まで異常はなくても、今の状態をみて、先生に「心臓の検査、血液検査をして頂けますか」と頼んでくれました。

検査の結果、心臓は今までと変わらないと……。

血液検査を済まし、医院を出ました。

翌朝まだ九時になっていません。

八時台、かかりつけ医の先生からの電話です。

隣の市の公立病院が受けて下さったので入院して下さい。との連絡でした。

嫁や孫が雨戸を開けたり朝食準備見守りで家に来ていました。早速入院準備です。

その朝はものにつかまっても立ち上がることが出来ませんでした。

助けてもらい立ち上がる。

トイレは孫娘の介助でなんとか済ます。

着脱だって出来ません。

介助をしてもらい身だしなみ完了。

玄関の段差が降りられません。ショック大。

足が動かない。

孫（男）がおんぶしてくれました。

何とか孫の車に乗れました。

娘がつき添って病院へ向かいました。


病院に着いた時は安堵しました。

気持ちがホッと落ち着きました。

治療のための苦痛な検査がはじまりました。

病院に入った時の事はあまりおぼえておりません。

午後になって病室に入り、輸血や点滴の針が腕に。重症の患者です。

ベッド横のポータブルトイレ、自力では使えません。二人の看護師さんの助けが必要です。

立ち上がるのに一人の看護師さんの両肩に私は両手をまわし、もう一人の看護師さんが体を持ち上げトイレに座らす。少し動く度に痛みが走り「痛い。痛い」が口から連発。

一生懸命になって下さってる看護師さんに申し訳ない気持ちでいっぱいでした。

輸血は二日続いたかと思います。

少しずつ痛みが軽くなってきました。

体も楽になり、眠れるようにもなりました。

医師、看護師さん、かかわって下さったみなさんのお陰です。

歩行不可だった私が何かにつかまり部屋のトイレに行けるようになった時には、看護師さんは「わ。歩けるようになった」といってハグしてくれました。

私はうれしくて涙が出ました。

看護師さんも一緒に涙を流してくれました。

私は二ケ月間の辛い思いの日々のあと、こんな感動を頂きました。

この頃からリハビリがはじまりました。

孫に「今まで元気だったので又元気になれるから、あきらめたらあかんで……」と言われ、それを励みに頑張ろうと思いました。

担当の先生も一生懸命です。

こんなおばあさんのためにこんなに熱意を持って歩けるように、リハビリ頑張って下さる。

ありがたいなと感謝の気持ちでいっぱいでした。

窓の外に目をやると、さざんかの花が風にふかれてゆれていました。

十二月、色彩の乏しいこの時期に見る赤い花が心に残っています。元気をくれました。

さざんかも厳しい寒さに負けず咲いて、道ゆく人を励ましている。

私もリハビリを一生懸命頑張ろうと思いました。

医師、看護師さんはじめ医療関係者のみなさんのお陰で、退院の予定が決まりました。

この度の入院で弱りきっていた私を少しずつ元気にして頂き、心から感謝しています。

令和四年十二月二日入院
令和四年十二月十六日退院
一週間後、通院。受診日でした。

検査の結果病名。リューマチ性多発筋痛症。リューマチではないですがと医師より説明を受けました。

年が明けて一ケ月に一回の通院が二ケ月に一回になり、病状は少しずつ回復しています。

歩けなかった私が今では歩けるようになり、三度の食事づくりが出来るようになりました。

八十%位元に戻りつつあるかなと思っております。うれしいです。

まわりのみんなはびっくりしています。

八十代になっても努力すれば成果がみられる事もあるんだと実感しました。

薬の服用は続いています。

令和四年、突然にやって来た八十二歳の壁
出口が見えてきました。

あれから二ケ月余り
目の前が明るくなってきました。

患らって改めて健康のありがたさを再認識しています。
子供や孫たちに支えてもらいました。

患らった
　八十二の壁
　　復活し

子や孫に
　支えてもらい
　　日々幸せ

一年一年高齢者が増え、超高齢者の中に元気な人がいっぱい。そんな人たちの生き方、暮らしぶり等、テレビや新聞で見たり聞いたり。人生一〇〇年時代、八十代はまだまだヤング。頑張ろうと思います。体調は八十％位復活しました。

八十路なり
　ふつうの生活　下り坂
　　出来ること続け　出来る幸せ

自分の出来る事を続けて、老後を豊かに生きる努力をしたいと思います。人間老いれば病気もする。今日元気でも、明日元気とは限らない。元気が当たり前ではない。私にとって八十二歳は人生の転換期でした。転んでも立ち上がろう。ヨタヨタしても心は豊かに暮らしたいです。

壁を越えたその先で

十二月中旬、忙しい年の瀬を迎えていました。
これからの生活が大変です。
高齢者の私が暮らしやすい生活の場づくりが必要です。
土、日に都合のつく孫たち子供たちが集まって、洋間の部屋の整理です。
使わないものの処分です。
大変なのが大きな飾り棚の移動です。
飾り棚の家具のところに私のベッドを置くためです。
余りにも大変そうなので、家具を動かさないでベッドを置こうと思い私が、
「腰を痛めるからそこまでしなくてもいい」

というと、孫娘はおじいちゃんだったら、おばあちゃんがここに置きたい。と思うところに置いてくれるでしょ。

一番望んでいる事を叶えてくれるよ。

だから私もおじいちゃんと同じ事をしたい。

といって、孫たち娘で移動させてくれました。

みんなの力が集結しました。

部屋の壁際にベッドの置き場所が出来ました
孫の思いやりに感動。若いって素晴らしい。

パワー満杯。みんなに感謝です。

老いては子や孫に従い、の暮らしです。

玄関には踏台と手すりがつきました。

廊下やお風呂、トイレにも手すりが取り付けられ、高齢者が自宅で暮らしやすい生活の場に変わりました。

みんなに感謝しています。

健康を
　願って迎えた

令和五年

新年を迎えて何日か経っていました。

新聞を読んでいると『自分史　十人十色』が目に入りました。

書けるかどうか不安でしたが八十二歳の壁を乗り越え復活した事等書きたくなりました。

八十二年間の長い人生を自分史に書いてみることにしました。

いろいろありました。

長い人生のように思うが、あっという間だったな。辛かったこと。うれしかったこと。楽しかった事。悲しかった事。いろいろ経験して年を積み重ねてきました。

月日が経つのは早いなと実感しています。

一月七日、自分の思いを書いてみようと鉛筆を握ってみました。

右肩、右手に痛みが残り、手が震え、うまく字が書けません。

ヨタヨタ字です。

ダメだと思いましたが読めればいいわと下書きをはじめました。

書いているうちに若かりし頃の事が次々出てきます。懐かしいです。

孫やひ孫たちに、おばあちゃんだって若い頃があったんだよ、おじいちゃんと一緒に頑張ってきたのよ。と伝えたく思いました。

二月は年賀状を頂いた方に失礼のお詫びと近況報告のたよりを書き、自分史はおやすみ。

まだ手の痛みが残り、思うように書けません。

三月から、うまく進みませんが、自分史づくりの再開です。

これから先の暮らしを考えながら、まもなく書き終わるかなと思っています。

書いてみて、人生は苦しさ半分、感動半分です。

年を重ねると予想もしないことがおこります。

辛いことも増えてくるだろうな……。

老いと衰え。日々の不安はたくさんありますが、自力で歩ける体力づくりをめざしています。

令和の残りの人生、丁寧に生きていきたいと思いながら。

年重ね
　思いを綴って
　　自分史を

〜これが私の人生です〜

明日からも日々の暮らしの中で小さな幸せをみつけ、感謝して、住み慣れた町で楽しく、一日一日大切に暮らしたいと思っています。

朝が来た
今日も生きてる　変わりない
ヨタヨタしながら　食事の準備
ヨタヨタしても　ころんでも　立ち上がって　ゆっくり歩もう　自分の人生。